HISTOIRE LITTÉRAIRE

HISTOIRE LITTÉRAIRE

HISTOIRE LITTÉRAIRE

On entend par histoire littéraire, la vie des grands écrivains, l'analyse et l'appréciation de leurs ouvrages.

Les siècles littéraires sont les époques qui ont produit le plus d'écrivains distingués et d'artistes. On compte quatre siècles littéraires : celui des Grecs ou de Périclès; celui des Latins ou d'Auguste; le siècle de Léon X et de François Ier, appelé aussi de la Renaissance; celui des Français ou de Louis XIV.

CHAPITRE Ier

IIIe Siècle littéraire

§ 1er. — DE LA LITTÉRATURE ITALIENNE AVANT LÉON X.

De toutes les langues romanes ou dérivées du latin, la langue italienne fut fixée la première, dès la fin du XIIIe siècle et au XIVe, par trois hommes célèbres : Dante, Pétrarque et Boccace.

DANTE, 1265-1321

Dante Alighieri naquit à Florence en 1265. Partisan des Guelfes, qui cherchaient dans la défense des papes la liberté de l'Italie, il se jeta ensuite dans le parti des Gibelins, pour se venger de ses compatriotes qui l'avaient banni.

Dante, errant et malheureux, composa son œuvre admirable, la *Divine Comédie,* qui créa tout à la fois la langue et la poésie italienne : jusque-là, on n'avait écrit qu'en latin.

Dante suppose s'être égaré dans un désert près de Jérusalem; il est introduit dans l'empire des ombres, et Virgile s'offre à l'y conduire. Les deux poètes arrivent près d'une porte qui prend une voix et les frappe de cette foudroyante apostrophe :

« C'est par moi que l'on va dans la cité des pleurs,
« C'est par moi que l'on va dans le champ des douleurs,
« C'est par moi que l'on va chez la race damnée.

. . . .

« Vous qui passez mon seuil, laissez là l'espérance. »

Dante représente l'enfer comme un vaste entonnoir composé de cercles concentriques, une série d'abîmes où le poète distribue des places à la foule ignoble des méchants, aux héros du paganisme et à ses ennemis. La *Divine Comédie,* et surtout les chants de l'*Enfer,* furent l'arme et la vengeance de Dante. Il y avait à Florence trois hommes qui s'étaient montrés ses ennemis; il ne les tuait pas, mais il disait que ces trois hommes étaient morts, qu'il les avait vus en enfer, et que leur corps n'avait qu'une apparence de vie, animée par les démons. Les Florentins fuyaient à l'approche des trois damnés vivants, qui eux-mêmes n'étaient pas sûrs d'être en vie.

Dans sa description de l'*Enfer,* le poète déploie une étonnante magie de style et de versification. Les chants du *Purgatoire* et du *Paradis* sont plus languissants.

Le poème de Dante est divisé en cent chants, de chacun cent trente ou cent quarante vers. Le premier chant est une espèce d'introduction à tout l'ouvrage; ensuite, l'*Enfer,* le *Purgatoire* et le *Paradis* occupent chacun trente-trois chants. Suivant l'expression d'un auteur, la *Divine Comédie* est l'encyclopédie du XIVe siècle; elle excita un enthousiasme tel, que dans plusieurs villes on établit des chaires pour l'expliquer.

Outre la *Divine Comédie,* Dante a composé des poésies lyriques qui ne sont pas indignes de lui.

PÉTRARQUE, 1304-1374

Pétrarque naquit en 1304 à Arezzo, en Toscane. Son père, banni de Florence, sa patrie, vint se fixer avec son fils à Avignon, séjour du pape Clément V.

Le jeune Pétrarque, malgré son penchant pour la poésie, dut se livrer à l'étude du droit à Montpellier, puis à Bologne. Après la mort de son père, devenu libre de suivre ses goûts, il se livra tout entier à la culture des lettres et revint habiter Avignon, où les grâces de son esprit et de son talent poétique lui attirèrent les plus brillants succès. C'est à cette époque que Pétrarque vit pour la première fois la belle et vertueuse Laure de Noves, femme d'un gentilhomme du Comtat. Elle devint dès lors sa muse et le sujet de ses chants. Il l'a immortalisée, ainsi que la fontaine de Vaucluse, par ses *Sonnets* et ses *Canzoni.*

La renommée de Pétrarque s'étendait au loin : l'Université de Paris et le Sénat romain lui offrirent, le même jour, la couronne lauréale décernée au plus grand poète de l'époque.

Malgré les envieux que lui attira un pareil triomphe,

Pétrarque demeura pendant toute sa vie le maître et le régulateur du monde savant. La grâce et la délicatesse du sentiment règnent dans les *Sonnets* et les *Odes* de Pétrarque. Il y célèbre les événements de sa vie, chante les beautés de la nature, et surtout les riants paysages qui entourent la fontaine de Vaucluse.

Pétrarque passa ses dernières années à Venise, et fit don à cette ville de sa riche bibliothèque. Il était entré dans les Ordres sacrés, et le roi de Naples, Robert d'Anjou, l'avait fait son aumônier.

BOCCACE, 1313-1375

Boccace, fils d'un marchand florentin, naquit à Paris, où ses parents s'étaient rendus pour affaires de commerce; il fit ses études à Florence.

Comme Pétrarque, il fut contrarié par l'autorité paternelle dans ses goûts littéraires qui se manifestèrent en lui dès l'âge de sept ans. Après la mort de son père, Boccace abandonna le commerce et l'étude du droit et ne cultiva plus que les Muses. Il avait un savoir fort étendu pour son siècle, et c'est à lui qu'on doit la conservation des œuvres de plusieurs auteurs grecs anciens.

Boccace a composé divers ouvrages de poésie, mais toute sa réputation est fondée sur le *Décaméron*, recueil de cent contes qu'il écrivit en prose italienne. Le style en est souple, gracieux, les descriptions sont riches; celle de la peste de Florence qui sert d'introduction à tout l'ouvrage ne peut être surpassée par aucun tableau historique. Malheureusement, les sujets choisis par Boccace sont très licencieux.

Boccace a écrit la *Vie du Dante* pour lequel il était plein d'admiration : cette histoire est devenue un roman sous sa plume.

§ 2°. — XVIe SIÈCLE, RENAISSANCE

On donne au XVIe siècle le nom de siècle de la Renaissance, parce que les sciences et les lettres, négligées pendant le moyen âge, semblèrent renaître alors avec un nouvel éclat sous l'influence d'un concours d'événements propres à en hâter le progrès. La découverte récente de l'imprimerie venait de faciliter les études en multipliant les moyens d'instruction. Les Grecs, chassés de Constantinople au pouvoir de Mahomet II, trouvèrent un asile en Occident, et, pour prix de cette cordiale hospitalité, y apportèrent la connaissance de la langue mélodieuse des Hellènes et des chefs-d'œuvre littéraires qu'elle avait créés. L'Italie, qui fut spécialement dotée de ces premiers trésors de l'antiquité, vit aussi la première cet élan des esprits vers les études anciennes, cet enthousiasme pour les poètes et les philosophes grecs. Les théories séduisantes de Platon devinrent le sujet des commentaires des profonds penseurs de l'époque. Des fouilles organisées dans les territoires de Rome et de Naples, rendirent à la lumière toutes les richesses d'architecture et de sculpture dont la Grèce s'était vue autrefois dépouillée par les vainqueurs, richesses que dix siècles avaient ruinées et enfouies dans le sol.

La peinture prit pour type les beaux modèles sortis du pinceau d'Apelles et de Protogène. Mais cette réaction de l'art païen dans le monde chrétien nuisit beaucoup à la pureté des mœurs, tout en développant dans les esprits la puissance du génie artistique.

PROTECTEURS DE LA RENAISSANCE

Les papes furent les premiers à encourager ce mouvement scientifique, à entourer les savants d'honneurs et de privilèges. A la tête de cette liste des protecteurs des lettres, paraissent Nicolas V et Pie II; leur exemple est suivi des princes de Gonzague à Mantoue, des marquis d'Este à Ferrare, des Médicis à Florence.

Côme de Médicis était ce riche négociant dont les enfants régnèrent sur la Toscane, et qui accordait dans sa maison un asile à tous les savants. C'est lui qui fit substituer dans les écoles, la doctrine de Platon à celle d'Aristote. Ses jardins étaient transformés en académie, tandis qu'il ouvrait des biblothèques à Venise et à Florence. Mais c'est surtout Laurent de Médicis, dit le Magnifique, que l'on doit considérer comme le restaurateur de la littérature italienne. Il fut le protecteur des arts, l'ami des artistes et des poètes, le bienfaiteur de son pays. Son fils, Jean de Médicis, élevé plus tard sur la chaire pontificale, sous le nom de Léon X, mérita de donner son nom au siècle de la Renaissance, conjointement avec François Ier.

§ 3e. — POÉSIE.

LE TASSE, 1544-1595

Torquato Tasso naquit à Sorrente près de Naples. Son père,

poète lui-même, ne lui laissa d'autre héritage que son amour pour la poésie. A dix-huit ans, le Tasse composa l'*Aminta*, drame pastoral qui lui fit une brillante réputation. Peu après, il commença sa grande épopée, la *Jérusalem délivrée*. Dix chants étaient achevés et répandus dans des copies recherchées avec enthousiasme, lorsque le Tasse accompagna en France le cardinal Louis d'Este, légat de Grégoire XIII. L'auteur de la *Jérusalem délivrée* obtint à la cour de Charles IX un accueil empressé, qui s'explique par le rôle glorieux que jouent les Français dans son ouvrage. En 1575, après douze années de travail, la *Jérusalem délivrée* parut en entier.

Le premier mérite du Tasse est d'avoir choisi le plus beau sujet qui puisse échauffer le génie d'un poète moderne. Tous les peuples chrétiens, réunis pour reconquérir la cité témoin de nos plus saints mystères, la lutte de la société chrétienne contre la barbarie musulmane, un tel sujet surpasse en grandeur celui de l'Iliade et de l'Enéide. Le Tasse excelle dans la description des batailles et des combats singuliers.

« La *Jérusalem délivrée*, dit Chateaubriand, est surtout le poème des soldats : il respire la valeur et la gloire, et semble écrit au milieu des camps, sur un bouclier. »

Le temps qui sape la réputation des ouvrages médiocres, a assuré celle du Tasse : son poème, comme celui d'Homère, a trouvé des rapsodes, et, par les nuits d'été, les gondoliers de Venise s'appellent et se répondent en chantant la mort de Clorinde ou le combat d'Argant et de Tancrède.

Le Tasse, disgracié par Alphonse II, duc de Ferrare, erra longtemps dans plusieurs villes d'Italie, luttant contre l'indigence. En 1595, Clément VIII voulut renouveler pour lui la cérémonie du triomphe au Capitole et lui écrivit : « *Venez honorer cette couronne qui a honoré tous ceux qui l'ont portée avant vous.* »

Le Tasse, saisi par de sombres pressentiments, s'écria : « *C'est un cercueil qu'il me faut.* » Il ne se trompait pas; il mourut la veille du jour choisi pour son triomphe, et la couronne qui devait orner sa tête fut déposée sur son tombeau.

Les derniers jours du poète avaient été sanctifiés par le recueillement et la prière, au couvent de Saint-Onuphre, à Rome.

L'ARIOSTE, 1474-1533

L'Arioste naquit dans le duché de Modène; de bonne heure il manifesta son talent pour la poésie. Etant encore enfant, il s'amusait à composer des pièces de théâtre qu'il représentait avec ses frères et sœurs. Le cardinal d'Este l'attacha à son service en qualité de gentilhomme. L'Arioste prouva, dans une guerre civile, qu'il savait servir son pays aussi bien par son courage que par ses talents.

Après avoir entrepris et laissé plusieurs sujets de poèmes épiques, il s'arrêta à celui de Roland, si célèbre dans les légendes du moyen âge. La réputation de l'Arioste s'étendit au loin. On raconte que dans une mission dont le duc de Ferrare l'avait chargé, il tomba aux mains d'une troupe de brigands dont il venait punir les crimes. On allait le dépouiller : « *C'est l'Arioste!* » crie l'un de ses serviteurs : aussitôt le chef des bandits s'approche, fait incliner devant lui tous les hommes de sa troupe et laisse aller le poète, en le comblant de marques d'honneur.

Le *Roland furieux* a pour héros les paladins de Charlemagne et la folie de Roland : rien n'est plus plaisant que le voyage d'Astolphe dans la lune pour y chercher la raison de Roland; sa surprise, en y trouvant non seulement sa propre raison, mais encore celle d'une foule de gens que jusqu'alors il avait crus sensés, est du meilleur comique.

§ 4°. — PROSE. — HISTOIRE

MACHIAVEL, 1469-1527

Machiavel naquit à Florence, où il soutint avec vigueur le parti de l'indépendance contre les Médicis. Machiavel est le plus profond penseur, le plus éloquent historien, le plus habile politique qu'ait produit l'Italie; mais les principes qu'il préconise ont souillé son nom d'un opprobre ineffaçable, et le mot *machiavélisme* est consacré pour désigner une politique fourbe, perfide et sanguinaire.

Dans son traité du *Prince*, Machiavel prouve qu'un habile usurpateur peut s'affranchir de toute loi de morale, et consolider son pouvoir par la ruse, la fourberie et la cruauté.

GUICHARDIN, 1482-1540

Né à Florence, d'une famille ancienne, Guichardin fut choisi par ses concitoyens pour remplir plusieurs missions importantes auprès du Pape et de Ferdinand le Catholique. C'est au milieu même des embarras de sa carrière diplomatique qu'il composa son *Histoire d'Italie.* Cet ouvrage comprend la période qui s'étend de 1470 à 1534. Guichardin y raconte les evénements dont il a été le témoin, et auxquels souvent même il a pris part; il peint avec impartialité et exactitude les hommes célèbres de son temps.

§ 5e. — ARTS. — PEINTURE ET ARCHITECTURE

BRAMANTE, 1444-1514

Ce célèbre architecte naquit sur le territoire d'Urbin, vers l'an 1444. Le pape Jules II le fit intendant de ses bâtiments; Bramante le détermina à démolir l'église de Saint-Pierre, pour en bâtir une autre qui n'eût point son égale dans le monde. Son plan ayant été adopté, on commença, l'an 1506, à jeter les fondements de cette nouvelle basilique, qui fut élevée jusqu'à l'entablement avec une diligence incroyable; mais Bramante n'eut pas la satisfaction de voir son ouvrage entièrement exécuté, étant mort en 1514, à soixante-dix ans. Cet édifice fut continué par différents architectes, principalement par Michel-Ange.

LÉONARD DE VINCI, 1445-1519

Il vit le jour de parents nobles, près de Florence, en 1445. Ce fut avec ce peintre que Michel-Ange travailla, par l'ordre du Sénat, à orner la grande salle du conseil de Florence, où ils firent ensemble ces cartons qui sont devenus depuis si fameux.

Un des meilleurs ouvrages de Léonard est la représentation de la *Cène de Notre-Seigneur.* Il mourut en 1519 à Amboise, entre les bras de François Ier qui était venu, dit-on, le visiter.

MICHEL-ANGE, 1474-1563

Michel-Ange Buonarotti, né en Toscane d'une famille ancienne, se distingua tout à la fois comme peintre, sculpteur et architecte. Dès l'enfance, il annonça ce que les arts devaient attendre de lui; à quinze ans, il avait déjà dépassé ses maîtres. Laurent de Médicis lui assigna un logement dans son palais. Après la mort de ce prince, le pape Jules II attira Michel-Ange à Rome, et lui fit sculpter son mausolée, pour lequel il fit un chef-d'œuvre, la statue de *Moïse.* Il jouit également de la faveur de Léon X et de ses successeurs, Paul III et Jules III. Un de ses principaux ouvrages est la belle fresque du *Jugement dernier,* dans la chapelle Sixtine, au Vatican, et aussi un groupe de *Notre-Dame de Pitié*, qu'on voit à Saint-Pierre.

Ce ne fut qu'à quarante ans que Michel-Ange s'adonna à

l'architecture; il ne tarda pas à surpasser tous ses rivaux, en construisant la plus belle œuvre de l'architecture moderne, la *Coupole de Saint-Pierre.* Il y travaillait encore lorsqu'il mourut, en 1563. On n'a de Michel-Ange presque aucune peinture à l'huile; ses grandes pages sont des fresques.

Le génie de Michel-Ange n'a jamais été contesté : tous le placent au premier rang comme peintre, sculpteur et architecte. Michel-Ange a plus d'imagination et de génie que Raphaël, mais celui-ci a plus de goût et d'esprit; Raphaël surpasse Michel-Ange en beauté, et Michel-Ange surpasse Raphaël en énergie.

RAPHAEL, 1483-1520

Raphaël est le plus grand des peintres modernes. Son nom de famille était Sanzio : il naquit en 1483, à Urbin, eut d'abord pour maître son propre père, peintre médiocre, puis alla recevoir à Pérouse les leçons de Pérugin, qu'il ne tarda pas à surpasser. Il peignit dès l'âge de dix-sept ans, le *saint Nicolas de Tolentino,* qui commença sa réputation; en 1503, il reproduisit, dans la cathédrale de Sienne, les principaux faits de la vie de Pie II, entra dès lors en concurrence avec les premiers artistes de l'époque et partagea bientôt leur gloire. En 1508, Bramante, son oncle, architecte de Jules II, l'appela à Rome, où il fut chargé de peintures à fresque pour les salles du Vatican. Cet immense travail l'occupa plusieurs années. Dans le même temps, Michel-Ange achevait la grande voûte de la chapelle Sixtine, et il s'établit entre ces deux grands maîtres une rivalité qui dura toute leur vie. Raphaël, sans être inférieur à Michel-Ange pour le grandiose des idées et de la composition, le surpassait par le naturel et la grâce de ses figures. A la mort de Bramante, en 1514, Léon X mit Raphaël à la tête des travaux qu'il faisait exécuter à Rome. Non moins habile dans l'architecture que dans la peinture, il fit construire la cour dite des *Loges*, au Vatican, et donna pour la basilique de Saint-Pierre des plans magnifiques, qui malheureusement n'ont pas été suivis. François Ier tâcha d'attirer Raphaël en France; n'ayant pu y réussir, il voulut du moins avoir plusieurs ouvrages de sa main : l'artiste exécuta pour ce prince *saint Michel*, terrassant l'ange des ténèbres, *une Sainte Famille* (1518) qui est le chef-d'œuvre du genre (on le voit encore au Louvre). Son dernier tableau fut la *Transfiguration*, le plus bel ouvrage qu'ait produit la peinture (il se trouve au Vatican). Raphaël fonda ce qu'on appelle l'*Ecole romaine*, et forma une foule de peintres de premier ordre, entre autres, Jules Romain. Il mourut en 1520, à peine âgé de trente-sept ans. On distingue dans sa manière trois périodes : une première qui va jusqu'en 1504, où il ne fait qu'imiter le Pérugin; une seconde jusqu'en 1514, où il devient original; une troisième jusqu'à sa mort, où il se surpasse lui-même.

Dans les chefs-d'œuvre de Raphaël, on remarque surtout ses Vierges si connues sous les noms de *Vierge de Foligno, Vierge au Poisson, Vierge à la chaise, Vierge à la perle* et *Divine Bergère.*

LE CORRÈGE, 1494-1533

Antoine Allegri, dit le Corrège, était né à Correggio, dans le Modénais, en 1494, et passa la plus grande partie de sa vie à Parme et en Lombardie. Le Corrège est le fondateur de l'*Ecole lombarde;* il est celui qui a le mieux entendu l'art des raccourcis et du clair-obscur : son genre est toujours suave et gracieux. Deux de ses plus beaux tableaux sont : un *saint Jérôme* de deux mètres de hauteur, peint sur bois, et un *Christ détaché de la Croix.* On dit que c'est à la vue d'un tableau de Raphaël que son génie s'éveilla et qu'il s'écria : « *Je suis peintre aussi, moi!* »

LES TROIS CARRACHE

Il y a eu trois peintres de ce nom, tous trois de Bologne. Louis Carrache qui fonda à Bologne une académie de peinture, et dont le chef-d'œuvre est un tableau représentant la *Prédication de saint Jean-Baptiste.*

Augustin Carrache, de concert avec son frère Annibal, décora de ses œuvres la galerie Farnèse à Rome; il s'illustra aussi comme graveur.

Annibal Carrache fut le plus célèbre des trois. Ses principaux ouvrages sont les peintures du palais Farnèse, un tableau représentant *saint Roch* distribuant ses richesses aux pauvres, et l'*Apparition de la sainte Vierge à saint Luc.* Son pinceau est noble et grandiose. Annibal Carrache saisissait en un instant les traits et la physionomie d'une personne; ayant été volé sur un chemin, la justice découvrit le voleur sur le portrait qu'il en fit. Annibal excellait aussi dans la caricature.

LE DOMINIQUIN, 1581-1641

Dominique Zampiéri, dit le Dominiquin, né à Bologne,

en 1581, était fils d'un cordonnier. Il se forma à l'école des Carrache, où il se lia avec l'Albane; puis il se rendit à Rome. Ce fut dans cette dernière ville qu'il exécuta son premier tableau, *Adonis tué par un sanglier*. Peu de temps après, il peignit son *saint André*, qu'il composa en rivalité avec le Guide, et sa *Communion de saint Jérôme* où il est resté fidèle aux principes de son maître Annibal, qui n'admettait pas plus de douze figures dans un tableau. Le Dominiquin exécuta ensuite à Bologne la *Vierge du Rosaire* et le *Martyre de sainte Agnès;* puis il revint à Rome, où il produisit de nouveaux chefs-d'œuvre qui soulevèrent contre lui une foule d'envieux. Enfin, appelé à Naples pour peindre à fresque la chapelle du Trésor, il éprouva de grandes contradictions dans cette ville, et y mourut en 1541, empoisonné, selon quelques historiens.

LE TITIEN, 1477-1576

Il naquit à Venise, vers la fin du XVe siècle, et reçut du sénat de sa ville natale, le titre de premier peintre de la République. Le Titien, voua son talent à Charles-Quint qui l'avait comblé d'honneurs, et à Philippe II. Il est sans contredit le premier des coloristes. Le Louvre possède de Titien les *Pèlerins d'Emmaüs*, le *Christ au roseau, saint Jérôme dans le désert* et un *portrait de François Ier*.

CHAPITRE II

§ 1er. — DE LA LITTÉRATURE FRANÇAISE AVANT FRANÇOIS Ier

Du VIe au XIe siècle, nous assistons aux premiers bégayements de la langue, fille du latin, qui deviendra la langue française. Mais cette langue était encore trop indécise pour que nos auteurs nationaux pussent l'employer; aussi écrivaient-ils tous en latin.

Ceux dont les noms méritent d'être cités, à cause des précieux renseignements qu'ils nous fournissent sur ces premiers temps de notre histoire, sont :

Saint Grégoire, évêque de Tours (539-593), qui a laissé une *Histoire des Francs*; Frédégaire, continuateur du précédent, auquel nous devons la *Chronique d'histoire universelle*; Eginhard, secrétaire de Charlemagne, qui a composé une vie de ce grand prince et des *Annales*; un anonyme, désigné sous ce nom ; le moine de Saint-Gall, qui écrivait en 885, les *Gestes de Charlemagne*.

TROUBADOURS ET TROUVÈRES

Le XIe et le XIIe siècle voient éclore une poésie brillante et vraiment française. Cette poésie a pour organe, au midi, la langue d'oc, qui donne naissance à la littérature provençale, et au nord, la langue d'oïl, qui forme la littérature wallone.

La littérature provençale ne compte que des poètes lyriques. Ses genres principaux sont : la ballade, la chanson, la complainte, l'aubade, la sérénade. Les poètes ou *Troubadours* allaient eux-mêmes chanter leurs œuvres dans les châteaux, et prenaient quelquefois à leur service des jongleurs ou ménestrels.

Parmi les deux cents troubadours que l'on peut compter du XIe au XIIIe siècle, les plus célèbres sont :

Guillaume IX, comte de Poitou, Bernard de Ventadour et Bertram de Born.

La littérature provençale déclina sensiblement après la guerre des Albigeois, et s'éteignit au commencement du XIVe siècle.

Dans le nord, la langue d'oïl produisit la littérature wallone dont les *Trouvères* furent les organes. Ils traitaient de sujets plus sérieux que les troubadours, et leur poésie rappelle, dans une certaine mesure, les compositions homériques. Les trois genres de la poésie des trouvères sont : la chanson de geste, la légende bretonne et le cycle de l'histoire.

Dans la littérature wallone, les *Chansons de geste* sont des poésies retraçant les exploits réels ou imaginaires de Charlemagne et de ses barons, ou des autres héros. La chanson de geste la plus connue est la *Chanson de Roland*, attribuée à Turold, trouvère normand. La plus célèbre des légendes bretonnes est celle du roi Arthus, ou le cycle des *Chevaliers de la Table-Ronde*.

ROMANS ET FABLIAUX

A la fin du XIIe siècle, on vit apparaître les romans satiriques qui eurent une si grande vogue ; puis les fabliaux, contes plaisants et moraux dans lesquels les auteurs fustigeaient les vices de leurs contemporains. Les plus célèbres fabliaux sont ceux de Marie de France qui reproduisit les sujets traités par Esope. Les romans satiriques qui eurent le plus grand succès furent : le *Roman du Renard*, peinture grotesque des mœurs féodales, auquel travaillèrent vingt poètes; le *Roman de la Rose*, dû à Guillaume de Lorris et à Jehan de Meung; ce roman a presque les proportions d'un poème épique, mais c'est une œuvre très licencieuse.

Le xve siècle est une époque de transition : ce n'est plus le moyen âge, ce n'est pas encore l'âge moderne. Les auteurs qui caractérisent le mieux cette ère de progrès sont :

Alain Chartier, à la fois poète et orateur, si estimé de son temps qu'il reçut le surnom de père de l'*Eloquence française*; Charles d'Orléans, père de Louis XII, qui charma son exil d'Angleterre, après la bataille d'Azincourt, en composant des *chansons, rondeaux* et *ballades*; Olivier Basselin, auteur de couplets pétillants de verve et de gaieté, qui ont inauguré le genre appelé depuis *vaudeville*.

JEUX FLORAUX

A l'histoire de la poésie, avant François Ier, se rattache celle de la première de nos académies, les *Jeux Floraux*. En 1322, sept gentilshommes de Toulouse, dans le but d'encourager la poésie, à l'exemple du fameux Académus d'Athènes, s'assemblèrent dans un jardin, et donnèrent à leurs réunions le nom de *Collège de la gaie science*; ils convoquèrent tous les poètes de France à venir réciter leurs meilleures productions, au mois de mai suivant, promettant à l'auteur qui réunirait le plus de suffrages une violette d'or. L'Assemblée n'eut lieu que le 3 mai 1325; le prix fut décerné à Vidal de Castelnaudary pour une *hymne à la sainte Vierge*. Les années suivantes, on ajouta de nouveaux prix, une églantine et un souci d'argent. Cette institution littéraire était tombée dans l'oubli, lorsque, en 1495, Clémence Isaure en fut la restauratrice.

L'académie des Jeux Floraux est encore en vigueur et s'assemble chaque année le 3 mai, pour distribuer des fleurs d'or et d'argent (violette, églantine, souci, amarante), aux pièces de vers jugées dignes de cette faveur.

§ 2e. — DE L'HISTOIRE AVANT LE XVIe SIÈCLE

Villehardouin (1160-1213) fut le premier des historiens français, et nous a laissé l'*Histoire de la conquête de Constantinople*, dont il avait été l'un des héros. Villehardouin ne savait pas écrire; il paraît fier de son ignorance, et avoue qu'il a dicté son ouvrage.

Joinville (1224-1318) fut élevé à la cour de Thibaut, comte de Champagne, où il puisa le goût de la littérature. Le bon sénéchal écrivit ses précieux Mémoires seulement à la fin de sa vie, à la demande de Jeanne de Navarre, femme de Philippe le Bel. Le nom de Joinville est inséparable de celui de saint Louis, dont il fut tout à la fois le serviteur fidèle, le confident et l'historien. La naïveté, l'originalité dans l'expression, tel est le caractère des *Mémoires* de Joinville; il a enrichi notre langue d'une foule de tournures particulières qui se sont conservées jusqu'à nos jours.

Jehan Froissart (1333-1420), est l'auteur de la *Chronique de France, d'Angleterre, d'Ecosse et d'Espagne.* Tout dans cet écrivain est un miroir fidèle et naïf de son temps; mais il laisse en toute occasion percer son amour pour l'Angleterre, au détriment de l'esprit patriotique. Les *Chroniques* de Froissart ont été continuées par Enguerrand de Monstrelet.

Christine de Pisan (1363-1415), née à Venise, vint fort jeune à la cour de Charles V, et regarda toujours la France comme sa patrie. Elle a écrit l'*Histoire* de ce roi qui avait été son bienfaiteur. Christine était aussi poète, et nous avons d'elle des *Ballades* qui ne sont pas sans mérite.

Philippe de Commines (1445-1509), ouvre la série des véritables historiens français. Tour à tour au service de Charles le Téméraire et de Louis XI, il put étudier de près les événements et les hommes de son temps. Les *Mémoires* du sire de Commines nous le révèlent comme un fin et profond politique : jamais il ne flétrit une action criminelle s'il la croit avantageuse, et il pardonne le vice quand il n'est pas un obstacle à la réussite des affaires.

Les mémoires de Commines comprennent le règne de Louis XI, de Charles VIII, jusqu'à l'avènement de Louis XII.

CHAPITRE III

Siècle de François Ier.

§ 1er. — POÉSIE

La langue française commença, sous François Ier, à prendre une forme régulière : la lecture du français de cette époque n'offre de nos jours presque aucune difficulté; il était riche, naïf, expressif. Trois noms marquent et résument les progrès de la poésie au XVIe siècle : Marot, Ronsard et Malherbe.

MAROT, 1495-1544

Marot naquit à Cahors, il nous l'apprend lui-même :

« A bref parler, c'est Cahors en Quercy
« Que je laissay pour venir querre ici
« Mille malheurs. »

Sa vie fut très orageuse : valet de chambre, puis page favori de Marguerite de Valois, sœur de François Ier, il suivit le roi dans ses guerres, fut blessé et fait prisonnier à la bataille de Pavie. De retour en France, il subit plusieurs fois la prison à cause de ses mœurs licencieuses et de ses attaques contre le catholicisme qu'il abandonna pour se faire huguenot. Il mourut en exil à Turin, toujours occupé de nouvelles poésies et de nouvelles aventures.

Marot est le premier auteur vraiment remarquable dans l'histoire de notre poésie; il n'a fait aucune réforme sérieuse dans l'art d'écrire, n'a laissé aucune composition importante; mais il a donné à la versification une grâce, une élégance qu'elle n'avait pas avant lui.

Boileau a caractérisé son talent, lorsqu'il a dit :

« . . . . Marot fit fleurir les ballades,
« Tourna des triolets, rima des mascarades,
« A des refrains réglés asservit les rondeaux,
« Et montra pour rimer des chemins tout nouveaux. »

Il nous reste de Marot des épitres, des ballades, des chansons, des épigrammes. Les *deux Epîtres* à François Ier sont un chef-d'œuvre d'élégant badinage et de familiarité décente.

RONSARD, 1524-1585

Ronsard naquit à Vendôme en 1524. Il conçut le projet d'enrichir la langue française des beautés de la Grèce et de Rome; il fallait relever le ton de la poésie, et lui donner la noblesse et l'harmonie qu'elle n'avait pas eues dans les badinages de Marot. Mais Ronsard, enthousiaste des anciens, ne sut garder ni mesure ni discrétion dans les emprunts qu'il leur fit, et, sous l'apparence de régler tout,

« . . . Il brouilla tout, fit un art à sa mode. »

comme le dit Boileau. Pourtant Ronsard était vraiment poète, et, quand il peut oublier un instant son rôle d'imitateur et se montrer dans son naturel, il est charmant, plein de grâce et de délicatesse; tout le monde connaît cette ode si jolie qui commence par cette strophe :

« Mignonne, allons voir si la rose
« Qui ce matin avait desclose
« Sa robe de pourpre au soleil,
« A point perdu cette vesprée
« Les plis de sa robe pourprée,
« Et son teint au vostre pareil. »

Parfois il mêle à ses vers joyeux, une touchante mélancolie :

« Nous ne tenons en nostre main
« Le jour qui suit le lendemain :
« La vie n'a point d'assurance;
« Et pendant que nous désirons
« La faveur des roys, nous mourons
« Au milieu de notre espérance. »

Si Ronsard n'eût fait que des vers pareils, il serait encore pour nous un grand poète; mais son poème de la *Franciade* et ses *Odes pindariques* l'ont fait tomber du piédestal où ses contemporains l'avaient placé. Son siècle eut pour lui une véritable idolâtrie. On l'appelait le *divin Ronsard*; Le Tasse venait le consulter. Elisabeth d'Angleterre lui envoyait un diamant précieux. Marie Stuart se consolait dans sa prison par la lecture de ses vers, et l'en remerciait par un buffet de deux mille écus.

Ronsard fut roi en son temps, il voulut avoir son aristocratie : de là cette constellation de six poètes, ses amis et ses admirateurs, qui, joints à lui, formèrent la *Pléiade*, et la vénération du siècle s'empressa de la consacrer. Les plus célèbres furent : *Belleau, Jodelle* et *Joachim du Bellay*.

MALHERBE, 1555-1628

Il naquit à Caen vers le milieu du XVIe siècle :

« Enfin Malherbe vint, et le premier en France
« Fit sentir dans les vers une juste cadence;
« D'un mot mis en sa place enseigna le pouvoir,
« Et réduisit la muse aux règles du devoir.
« Par ce sage écrivain, la langue réparée,
« N'offrit plus rien de rude à l'oreille épurée;
« Les stances avec grâce apprirent à tomber,
« Et le vers sur le vers n'osa plus enjamber. »

Boileau n'a rien dit de trop en saluant comme un triomphe l'arrivée de Malherbe : celui-ci fut, en effet, le créateur de la poésie lyrique. Il commença par épurer le langage et en bannit les mots qui manquaient de clarté (1). Cette préoccupation l'absorbait tellement qu'il ne songeait qu'à reprendre dans ceux qui conversaient avec lui ou qui lui écrivaient, les fautes d'orthographe ou de syntaxe. Henri IV lui montrant un jour une lettre de Louis XIII, alors dauphin, Malherbe ne s'arrêta qu'à la signature, et demanda au roi si M. le Dauphin ne s'appelait pas Louis? — « Sans doute, repartit le monarque. — Et pourquoi donc le fait-on signer Loys? » Sur son lit de mort, il gourmandait ses valets et sa servante des fautes de français qui leur échappaient.

Ce zèle, soutenu par un véritable génie, fut apprécié : les ouvrages de Malherbe, en assez petit nombre, excitèrent à la cour et parmi les grands un tel enthousiasme, qu'il fut surnommé de son vivant le *Poète des Princes* et le *Prince des poètes*. Ses ouvrages pourtant ne sont pas d'une pureté comparable à celle des écrivains du siècle de Louis XIV.

Malherbe composait très lentement; il avait la patience de travailler ses vers jusqu'à ce qu'ils ne sentissent plus le travail, et la lenteur de sa composition ne refroidissait point la vigueur et l'élan de sa pensée. Ce que l'on regrette de trouver en Malherbe, c'est quelquefois un défaut de grâce et de sensibilité. Cependant, cette corde ne manquait point à sa lyre, ainsi que le prouvent les *Stances à du Perrier*, où Malherbe immortalise la douleur de son ami en la consolant.

§ 2. — PROSE

Parmi les nombreux prosateurs de cette époque, les deux dont les ouvrages ont le plus contribué à la formation de la langue sont Rabelais et Montaigne.

Rabelais, né à Chinon, en 1483, fut successivement bénédictin, médecin, bibliothécaire et curé de Meudon. Nous avons de lui les *Faits et dicts du géant Gargantua* et de *son fils Pantagruel*, roman satirique et allégorique contre les rois, les princes et toute autorité politique et religieuse. « *Où Rabelais est mauvais*, dit La Bruyère, *il passe bien au delà du pire; où il est bon, il va jusqu'à l'exquis et l'excellent.* »

Après la mort de Rabelais, l'esprit caustique et railleur du XVIe siècle se manifesta encore dans la *satire Ménippée*, pamphlet politique destiné à combattre la Ligue par le ridicule, et

(1) — L'ardeur qu'il mit à cette réforme lui attira des ennemis qui le nommaient *regratteur de mots, tyran de syllabes.*

qui lui porta un coup plus terrible que les batailles d'Arques et d'Ivry.

Michel Montaigne (1533-1592) naquit en Périgord. Son titre à l'immortalité est un ouvrage intitulé les *Essais*, dans lequel il fait preuve d'une immense érudition, mais qui est fort dangereux à cause du scepticisme qu'il enseigne.

Parmi les historiens de cette période, il faut citer Montluc, dont les *Commentaires* étaient appelés par Henri IV la *Bible du soldat*: Brantôme qui nous a laissé les *Vies des Hommes illustres et grands Capitaines français et étrangers;* l'auteur anonyme de la vie de Bayard, qui se désigne sous le nom de *loyal serviteur;* de Thou, qui, outre ses Mémoires, a légué, à la postérité un ouvrage précieux : *Histoire de mon temps* (cet ouvrage est écrit en latin, mais on en possède de bonnes traductions). Jacques Amyot, précepteur des fils de Henri II et évêque d'Auxerre, nous a laissé un ouvrage estimé encore de nos jours, la *Traduction de la Vie des grands Hommes de Plutarque.*

CHAPITRE IV

FONDATION DE L'ACADÉMIE FRANÇAISE (1635)

De la première partie du XVIIe siècle, du règne de Louis XIII, date la fondation de l'Académie, qui fixa et polit la langue française et rendit d'éminents services à la science. Ce fut l'œuvre du cardinal de Richelieu, et le grand ministre en approuva les statuts.

Louis XIV protégea la nouvelle institution; il lui fit présent de six cents volumes, et fixa le nombre des *Immortels* à quarante.

L'esprit de l'Académie naissante se personnifie dans un homme que Boileau appelle « le plus sage des écrivains de notre langue, » Vaugelas. Il passa sa vie à épurer la langue française, à en fixer les règles, et prépara ainsi la voie aux grands génies qui devaient venir après lui : ses *Remarques sur la langue française* sont encore consultées de nos jours.

HÔTEL DE RAMBOUILLET

La société de l'Hôtel de Rambouillet, société qui réunit tout ce que la noblesse avait de plus brillant et de plus aimable, tout ce que le monde littéraire avait de plus distingué et de plus illustre, commença à se former vers la fin du règne de Henri IV.

Catherine de Vivonne, marquise de Rambouillet, secondée par sa mère, la marquise de Pisani, ouvrit dans son hôtel la célèbre *Chambre bleue,* où se forma en peu de temps une cour non moins brillante que celle de Marie de Médicis. La marquise présidait elle-même les réunions sous le nom romanesque d'Arthénice (anagramme de Catherine). Plus tard, sa fille, Julie d'Angennes (depuis duchesse de Montausier), vint briller à ses côtés, et contribua puissamment à étendre l'influence de cette société littéraire.

La plupart des grands écrivains du siècle de Louis XIV se rencontrèrent à l'hôtel de Rambouillet : Malherbe en vit les débuts; vinrent ensuite Balzac, Voiture, Vaugelas, Racan, etc.; Corneille lui-même y eut sa place, et Bossuet, à l'âge de seize ans, y prononça à onze heures du soir son premier sermon, ce qui fit dire à Voiture qu'il n'avait jamais entendu prêcher ni si *tôt,* ni si *tard.* Parmi les femmes, se distinguaient : la duchesse de Longueville, la marquise de La Fayette, mademoiselle de Scudéry, Madame de Sévigné, madame Deshoulières, etc. On les appelait, et elles se donnaient elles-mêmes le nom de *précieuses,* qui signifiait alors le talent de l'esprit, la grâce, la dignité, le bon goût, toutes les qualités d'une femme accomplie.

L'Hôtel de Rambouillet exerça pendant près d'un demi-siècle une heureuse influence dans le monde littéraire en épurant la langue et dirigeant le goût. « C'est là que naquit réellement la conversation, cet art charmant dont les règles ne peuvent se dire, qui s'apprend à la fois par la tradition, par un sentiment inné de l'exquis et de l'agréable... et qui forme un des plaisirs les plus vifs que les esprits délicats puissent goûter (1). » Les troubles de la Fronde interrompirent les brillantes réunions de l'Hôtel de Rambouillet, et elles cessèrent vers 1650.

Il s'était établi à Paris et en province, d'autres sociétés littéraires qui, par des imitations maladroites, tombèrent dans l'afféterie et le mauvais goût; Molière leur porta un coup mortel dans les *Précieuses ridicules.*

(1) M. de Noailles. — *Histoire de Madame de Maintenon.*

POÉSIE

§ 1er. — GENRE TRAGIQUE

CORNEILLE, 1606-1684

Pierre Corneille, le créateur de la tragédie et de la comédie classique en France, naquit à Rouen en 1606. Après avoir étudié chez les Jésuites de cette ville, il se fit recevoir avocat au Parlement de Normandie; mais il n'exerça que peu de temps et avec un médiocre succès. Sa vocation pour le théâtre se révéla par la comédie de *Mélite* en 1629, et par la tragédie de *Médée* en 1635. L'année suivante parut le *Cid*, qui fut la révélation de son génie. Ce chef-d'œuvre produisit une immense sensation : la France et l'Europe applaudirent; l'enthousiasme fut tel qu'il était passé en proverbe de dire : *Beau comme le Cid.*

Ce triomphe éclatant ne manqua pas de soulever l'envie des écrivains médiocres qui se déchaînèrent contre la nouvelle pièce, par des observations et des parodies ridicules. Richelieu lui-même méconnut le génie du grand poète et voulut faire condamner le *Cid* par l'Académie. Corneille répondit à ces persécutions en produisant de nouveaux chefs-d'œuvre : *Horace*, 1639, le sublime du patriotisme; *Cinna*, 1639, qui fit verser des larmes au grand Condé, lorsque, assistant à la première représentation, il entendit ces paroles d'Auguste :

« Soyons amis, Cinna, c'est moi qui t'en convie. »

L'année suivante, 1640, parut *Polyeucte* qui, de l'aveu même de Voltaire, l'emporte sur toutes les œuvres du grand tragique. *Horace* et *Cinna*, c'est le génie de Rome ancienne; *Polyeucte*, c'est le monde chrétien déployant sous la persécution, la sublimité de toutes les vertus. *Horace* et *Cinna*, c'est l'exaltation du patriotisme; *Polyeucte*, c'est la religion et son dévouement. Ces deux grandes idées, Dieu et la patrie, se confondaient dans le cœur du poète et lui ont inspiré ses chefs-d'œuvre. Arrivé à l'apogée de sa gloire, Corneille vit s'ouvrir devant lui les portes de l'Académie, en 1647. Il composa plusieurs autres pièces où son génie décline, et les tragédies d'*Agésilas* et d'*Attila* accusent une complète décadence. Dans sa retraite, il traduisit en vers l'*Imitation de Jésus-Christ*, œuvre estimable où se trouvent des beautés qui ne sont pas assez connues.

On sait peu de chose sur la vie privée de Corneille; elle se passa tout entière dans le travail, loin du monde, dans une douce intimité avec son frère Thomas, poète comme lui. « *A beaucoup de probité et de droiture, Corneille a toujours joint*, dit son neveu Fontenelle, *un attachement sincère à la religion et plus de piété que le commerce du monde n'en permet ordinairement.* » Il mourut à Paris en 1684, dans une pauvreté voisine de l'indigence; il avait 78 ans.

L'élévation et la force caractérisent le génie de Corneille. Les plus nobles sentiments, il les a exprimés; les plus beaux caractères, il les a créés. Il a élevé notre langue à la dignité de la tragédie, et beaucoup de ses vers ont une beauté incomparable; mais, en général, il laisse à désirer pour la pureté, l'élégance et l'harmonie. Ce qui mérite surtout à Corneille le surnom de *grand* que la postérité lui a décerné, c'est qu'il est le plus moral de nos poètes tragiques. En nous offrant le spectacle continuel de la vertu, il tient toujours notre âme à une grande hauteur, même lorsqu'il l'émeut le plus vivement. On l'a aussi appelé le *Sophocle français*.

RACINE, 1639-1699

Jean Racine, le plus parfait de nos poètes tragiques, naquit à la Ferté-Milon, le 21 décembre 1639. Orphelin dès l'âge le plus tendre, il fut placé à Port-Royal-des-Champs, où il puisa tout à la fois le goût des lettres et un grand esprit de religion. Son premier essai poétique fut une ode intitulée la *Nymphe de la Seine*, qu'il composa à l'occasion du mariage de Louis XIV, et qui lui valut la protection de Colbert. Racine aborda le théâtre, aux instances de Molière, et, à vingt-six ans, il donnait *Andromaque*, cette peinture si sublime et si touchante de l'amour maternel. Pendant dix ans, Racine, toujours applaudi, composa tour à tour : *Iphigénie, Britannicus, Bérénice, Bajazet, Mithridate;* mais l'envie ayant fait triompher la *Phèdre* de Pradon, cette injustice ouvrit les yeux du grand poète, et sa profonde et solide piété regretta depuis l'usage qu'il avait fait de son talent.

Racine goûtait les joies de la famille, et était honoré de la confiance de Louis XIV, qui l'avait choisi pour historiographe en même temps que son *fidèle Boileau*, quand madame de Maintenon lui demanda une pièce pour les demoiselles de Saint-Cyr. Douze années de repos et d'étude sur l'Écriture sainte avaient éveillé chez Racine, un génie inconnu : il composa d'abord *Esther*, où respire la piété la plus touchante, puis le chef-d'œuvre du théâtre, *Athalie.* Cette tragédie dont Boileau lui disait : « *C'est votre meilleur ouvrage,* » fut froidement accueillie, et Racine n'eut pas la satisfaction de voir réparer cette injustice de son vivant. Il mourut en 1699, avec la douleur d'avoir mécontenté le Roi par un Mémoire sur la misère du peuple, rédigé à la prière de madame de Maintenon.

On proposait un jour à Voltaire de faire un commentaire de Racine : « *Il n'y a,* répondit-il, *qu'à mettre au bas de chaque page : beau, pathétique, harmonieux, admirable, sublime!* » Ce qui caractérise principalement ce grand homme, c'est l'union de l'imagination la plus exquise avec le bon sens le plus invariable. « *Racine,* dit La Harpe, *est celui de tous les hommes à qui la nature a donné le plus grand talent pour les vers.* »

Racine a fait aussi une comédie, les *Plaideurs,* qui est digne de Molière, et ses *chœurs d'Esther* et *d'Athalie* le placent au premier rang des poètes lyriques.

§ 2e. — GENRE COMIQUE

MOLIÈRE, 1622-1673

Jean-Baptiste Poquelin, né à Paris, le 15 janvier 1622, fit ses études chez les Jésuites. En 1645, entraîné par son goût pour l'art dramatique, il réunit ses amis en société, les forma à la déclamation, et bientôt cette troupe, sous le nom *d'illustre Théâtre,* surpassa tous les autres acteurs. Dès lors, le jeune Poquelin, ne voulant pas infliger à sa famille le mépris attaché à la profession de comédien, changea son nom pour celui de Molière.

Louis XIV protégea Molière et lui accorda des pensions, tout en blâmant les excès de sa verve comique. A la quatrième représentation du *Malade imaginaire,* Molière, qui était atteint d'une maladie de poitrine, fut pris d'une convulsion, et, quelques heures après, il expira. L'Académie, qui n'avait pu l'admettre au nombre de ses membres à cause de sa profession, plaça son buste dans la salle des séances avec cette inscription :

« *Rien ne manque à sa gloire, il manquait à la nôtre.* »

Les principales œuvres de Molière sont : les *Précieuses ridicules,* le *Misanthrope,* l'*Avare,* le *Tartufe,* les *Femmes savantes,* le *Malade imaginaire,* etc., etc. Le *Misanthrope,* chef-d'œuvre de Molière, ne fut pas apprécié de ses contemporains; le *Tartufe,* au point de vue de l'art, peut rivaliser avec le *Misanthrope;* mais, sous prétexte de blâmer la fausse dévotion, Molière, dans cette pièce, foule aux pieds les principes les plus sacrés de la religion et de la morale. Bourdaloue tonna du haut de la chaire contre le scandale d'une pareille comédie.

Molière est le créateur du vrai comique : il peint les travers et les vices avec une vérité qui ne peut être surpassée; son style est au-dessus de tout éloge; un grand nombre de ses vers sont devenus des proverbes. Quoique toutes les pièces de notre grand comique portent l'empreinte du génie, elles doivent être signalées à la jeunesse comme des œuvres dangereuses dont elle doit s'interdire la lecture, ou auxquelles elle ne doit toucher que guidée par une main discrète et sage.

§ 3e. — GENRE DIDACTIQUE

BOILEAU, 1636-1711

Nicolas Boileau, surnommé Despréaux, naquit à Crosne, près de Paris, 1636. Une foule de circonstances fâcheuses qui traversèrent sa jeunesse, hâtèrent en lui la maturité de la raison; toutefois rien n'annonçait alors ce qu'il devait être, et son père disait de lui : « *Colin est un bon garçon qui ne dira jamais du mal de personne.* » Fils d'un greffier du Parlement, Boileau fut destiné au barreau, on essaya même de l'appliquer à la théologie; mais ce fut inutilement, il se sentait d'autres inspirations, et composa quelques poésies qu'il lut à l'hôtel de Rambouillet : elles furent l'objet des critiques de Chapelain, et cet échec révéla à Boileau toute sa mission. Il entreprit de réformer le goût de son siècle, et de faire tomber le prestige qui entourait alors quelques auteurs médiocres. Boileau débuta par des *Satires* dans lesquelles, tout en flagellant les réputations usurpées et les préjugés de ses contemporains, il évita la licence, et donna le modèle d'une versification correcte et élégante. En Boileau, l'homme ne valait pas moins que l'écrivain; on cite de lui une foule de traits de bienfaisance qui font honneur à son caractère. Il fut lié avec tous les grands hommes de son siècle, et son amitié leur resta fidèle dans le malheur, et même dans la disgrâce royale. Boileau mourut à Auteuil; sur son lit de mort, il disait : « *C'est une grande consolation pour un poète qui va quitter le monde, de n'avoir jamais offensé les mœurs.* »

Outre ses *Satires,* Boileau écrivit des *Épîtres*, des *Épigrammes,* le *Lutrin,* poème héroï-comique, chef-d'œuvre de versification qui montre de quel esprit fécond l'auteur était doué : il est à regretter que dans cet ouvrage, Boileau ait semé plus d'un trait blessant pour l'Église et ses ministres. L'*Art poétique* est vraiment le code du bon goût, donné par le *Législateur du Parnasse*, qui y trace tous les préceptes de la composition littéraire. Boileau a rendu d'immenses services à notre littérature en dégoûtant son siècle des mauvais auteurs, en lui apprenant à aimer Corneille, Racine, Molière, et en donnant lui-même de beaux modèles d'une poésie pure et parfaite.

LA FONTAINE, 1621-1695

Jean de La Fontaine, né le 8 juillet 1621, à Château-Thierry, ne révéla rien dans son enfance de ce qu'il devait être un jour. Après des études faites avec mollesse et sans succès, il revint à la maison paternelle, où il mena une vie de désœuvrement et de plaisir. Il avait atteint l'âge de vingt-deux ans, sans se douter de ses talents poétiques; son esprit sommeillait, lorsqu'une ode de Malherbe, récitée par hasard devant lui, l'éveilla subitement et l'enflamma d'enthousiasme pour la poésie. Dès lors il lut Malherbe avec ardeur : la nuit il l'apprenait par cœur; le jour il le déclamait dans les bois.

Conduit à Paris par un de ses parents, il fut présenté au surintendant Fouquet qui lui fit une pension de mille francs, à condition qu'il en acquitterait chaque quartier par une pièce de vers. Ces petites compositions sont les premières productions originales de La Fontaine; il faut y joindre le *Songe de Vaux* que la reconnaissance lui inspira pour célébrer les fêtes magiques au milieu desquelles il vivait, et surtout l'*Elégie aux Nymphes de Vaux* sur la disgrâce du surintendant, auquel il resta toujours fidèle. Après Fouquet, La Fontaine eut pour protecteurs : le prince de Condé, le duc de Bourgogne, Henriette d'Angleterre; cependant il ne jouit jamais de la faveur de Louis XIV. Il eut pour amis : Racine, Molière, madame de La Fayette, madame de la Sablière, chez laquelle il trouva pendant plus de vingt ans, comme le rat de sa fable « *le vivre et le couvert.* » Un jour qu'elle avait congédié ses domestiques, madame de la Sablière s'écria : « *Je n'ai gardé que mes trois bêtes, mon chien, mon chat* et *La Fontaine.* » — « *En vérité, mon cher La Fontaine, vous seriez bien bête, si vous n'aviez pas tant d'esprit,* » lui disait-elle parfois.

C'est pendant son séjour chez madame de la Sablière que

La Fontaine a composé la plus grande partie de ses *Fables,* qui l'ont fait surnommer l'*Inimitable.* Il avait publié déjà ses *Contes* dans lesquels la morale et la décence sont trop souvent blessées. La Fontaine se convertit à la fin de sa vie dans une grave maladie, et répara les scandales de ses écrits par une rétractation solennelle.

La gloire de La Fontaine est d'avoir élevé la *fable* à un si haut degré de perfection que ce genre de poésie s'est identifié avec lui; nommer la *fable,* c'est nommer La Fontaine : le genre et l'auteur ne font qu'un. Il n'a été dans son style ni imitateur ni imité. Il possède le don d'intéresser à ce qu'il raconte en paraissant s'y intéresser véritablement. Les fables tiennent à l'épopée par le récit, au genre descriptif par les tableaux, au drame par le jeu des personnages et la peinture des caractères. La Fontaine est le poète de tous les temps et de tous les âges : l'enfant s'y amuse, l'homme s'y instruit, le lettré les admire.

Frédéric II parlait un jour avec enthousiasme devant Voltaire des fables de La Fontaine. Voltaire, peu porté à admirer le fabuliste, prétendit que, si l'on examinait ses fables de sang-froid, pas une peut-être n'échapperait à la critique la plus indulgente. Le prince accepte le défi, et l'heure est prise pour le lendemain. Voltaire, qui ne voulait pas reculer, est exact au rendez-vous; il ouvre le livre au hasard et n'ose blâmer; il continue de lire et il admire toujours; à la fin, cédant à son impatience, il jette le livre en s'écriant : « *Ce livre est un ramas de chefs-d'œuvre!* » L'envie était désarmée; c'est le plus beau triomphe de La Fontaine.

§ 4e. — POÉSIE PASTORALE

RACAN, 1589-1670

Honorat de Bueil, marquis de Racan, était originaire de la Touraine; il dut sans doute au climat enchanteur de ce beau pays cet amour de la vie champêtre, qui fit naître en lui le goût de la vie pastorale. Racan fut le disciple et l'ami de Malherbe; il mit si bien à profit les leçons du maître que leurs contemporains les confondirent souvent dans leurs éloges. La Fontaine lui-même les appelle :

« *Les deux rivaux d'Horace, héritiers de sa lyre,*
« *Disciples d'Apollon, nos maîtres pour mieux dire.* »

Ses *Bergeries,* recueil d'idylles, sont le seul monument qui ait fait vivre sa mémoire. Dans les dernières années de sa vie, Racan chercha à sanctifier son génie en traduisant les saints Livres.

SEGRAIS, 1625-1701

Jean Regnauld de Segrais, né à Caen, montra de bonne heure son goût pour la poésie pastorale, en célébrant dans un poème, les riants paysages de la Normandie. Ses talents le firent admettre à la cour; mademoiselle de Montpensier le nomma son gentilhomme ordinaire, et encouragea ses goûts littéraires. Boileau a fait son éloge par ce vers célèbre :

« *Que Segrais dans l'églogue en charme les forêts.* »

La Harpe a dit : « Le principal mérite de Segrais est d'avoir bien saisi le caractère et le ton de l'églogue. Il a du naturel, de la douceur et du sentiment. »

MADAME DESHOULIÈRES 1633-1694

Madame Deshoulières (Antoinette du Ligier de la Garde), née à Paris, reçut une éducation soignée, une instruction étendue et variée; elle savait le latin, l'italien, l'espagnol. Distinguée à la cour par les agréments de sa personne et les grâces de son esprit, liée avec les personnages les plus célèbres du grand siècle, madame Deshoulières fut chantée à l'envi par les poètes qui la surnommaient la *dixième Muse*. Elle s'exerça dans tous les genres, depuis la chanson jusqu'à la tragédie; mais elle ne réussit que dans l'églogue. Tout le monde connaît son idylle adressée à Louis XIV pour implorer sa protection, après la mort de son mari :

« Dans ces prés fleuris,
« Qu'arrose la Seine.
« Cherchez qui vous mène
« Mes chères brebis, etc. »

CHAPITRE V

PROSE

§ 1er. — ÉLOQUENCE SACRÉE

BOSSUET, 1637-1704

Dijon, qui avait déjà donné saint Bernard à la France, vit naître le 27 décembre, Jacques-Bénigne Bossuet. Ses études furent brillantes, et il savait à peu près par cœur Homère et Virgile, lorsqu'un jour la Bible frappa ses regards. Comme saint Augustin, qu'il devait choisir pour maître, il puisa dans les saintes Ecritures ce style admirable, mélange de hardiesse et de naïveté, de simplicité et de magnificence. A quinze ans, Bossuet vint à Paris pour y terminer ses études au collège de Navarre, et il fit à seize ans son premier sermon à l'hôtel de Rambouillet; à vingt et un ans, il soutenait sa thèse théologique devant le grand Condé; à vingt-cinq ans, il était prêtre et docteur, et devenait l'ami de saint Vincent de Paul. Les succès de sa prédication l'appelèrent bientôt à la cour, et, pendant dix années, le grand Roi ne se lassa point de l'entendre; Bossuet, sous tous les rapports, devait convenir à Louis XIV. Nommé évêque de Condom en 1669, et l'année suivante, précepteur du Dauphin, il composa pour son royal élève ces chefs-d'œuvre qui font sa gloire et celle de la religion. On ne l'entendit plus à la cour que dans quelques circonstances solennelles, et pour prononcer ces magnifiques *Oraisons funèbres*, où il reste sans rival, comme il était sans modèle.

Bossuet combattit le Protestantisme avec succès et convertit Turenne; il triompha encore dans sa lutte contre le Quiétisme : mais si sa victoire comme théologien fut glorieuse, celle que Fénelon remporta sur lui-même le fut bien davantage.

Nommé en 1681 à l'évêché de Meaux, il se consacra entièrement à son diocèse, et rien n'est touchant comme le spectacle du grand Bossuet quittant la chaire de Versailles pour prêcher dans le plus humble village. Il mourut le 13 avril 1704, au milieu des travaux de sa charité pastorale.

Les principaux ouvrages de Bossuet sont : l'*Exposition de la foi catholique*, le *Discours sur l'Histoire universelle*, le

Traité de la Connaissance de Dieu, ses *Méditations sur les Évangiles*, l'*Histoire des variations de l'Église protestante*, ses *Oraisons funèbres*, ses *Sermons*, etc.

Orateur, théologien, philosophe, historien, Bossuet se montre supérieur, et met à tout ce qu'il touche le sceau de son génie. Il domine son siècle, rouvre la liste des Pères de l'Église, et mérite le glorieux surnom d'*Aigle de Meaux*.

BOURDALOUE, 1632-1704

Louis Bourdaloue, né à Bourges, en 1632, entra à l'âge de seize ans dans la Compagnie de Jésus dont il devint une des gloires. Après avoir prêché pendant quelque temps en province, il fut envoyé à Paris, où il obtint un succès prodigieux. Bourdaloue fut dix fois chargé de prêcher l'Avent ou le Carême devant Louis XIV, qui assurait aimer mieux ses redites que les choses nouvelles d'un autre : il fut surnommé le *roi des prédicateurs et le prédicateur des rois*.

Lors de la révocation de l'édit de Nantes, Bourdaloue fut envoyé en Languedoc pour éclairer et convertir les protestants, et il produisit des fruits admirables.

Les œuvres du Père Bourdaloue se composent de quelques *Oraisons funèbres* et d'un grand nombre de *Sermons*. Ses sermons sur les mystères sont des chefs-d'œuvre et forment un cours complet de religion. Ce qui distingue l'éloquence de Bourdaloue, c'est la force du raisonnement et la solidité des preuves.

FLÉCHIER, 1632-1710

Esprit Fléchier naquit à Pernes, dans le diocèse de Carpentras ; il fut successivement simple catéchiste dans une paroisse de Paris, aumônier de madame la Dauphine, évêque de Lavaur et de Nîmes. Comme évêque, Fléchier fut admirable et ramena par son zèle un grand nombre de protestants à l'Église catholique.

Fléchier a laissé des *Panégyriques*, des *Sermons*, des *Oraisons funèbres*. Son style n'est jamais impétueux, mais toujours élégant. Le chef-d'œuvre de Fléchier est l'*Oraison funèbre de Turenne* où parfois il s'élève jusqu'à la sublimité de Bossuet. On a encore de lui, la vie du *grand Théodose* et celle du *cardinal Ximénès*.

MASCARON, 1634-1703

Mascaron naquit à Marseille, en 1634, entra dans la congrégation de l'Oratoire, et professa les belles-lettres dans plusieurs collèges. Il débuta brillamment à Angers dans la carrière de la prédication. Louis XIV voulut l'entendre : Mascaron prêcha à la cour l'Avent de 1666 et le Carême de 1669; le roi sut l'apprécier, malgré la franchise avec laquelle il censurait les vices des grands et ceux même du monarque. Les courtisans cherchèrent à aigrir contre lui l'esprit de Louis XIV; mais le prince eut le bon esprit de leur dire : « *Le prédicateur a fait son devoir, faisons le nôtre.* »

Outre plusieurs stations à la cour, Mascaron prononça l'*Oraison funèbre d'Henriette d'Angleterre* et celle de *Turenne,* que l'on regarde comme son chef-d'œuvre. Successivement évêque de Tulle et d'Angers, il travailla avec zèle à la conversion des nombreux calvinistes de son diocèse.

FÉNELON, 1651-1715

Prononcer le nom de Fénelon, c'est rappeler ce qu'il y a de plus suave et de plus harmonieux dans l'éloquence, de plus aimable dans la vertu, de plus persuasif dans le raisonnement.

François de Salignac de la Mothe-Fénelon vint au monde au château de Fénelon, en Périgord, le 6 août 1651. Dès l'âge de quinze ans, comme Bossuet, il émerveillait ceux qui entendaient ses essais de prédication. Il fit ses études théologiques à Saint-Sulpice, et songea à se consacrer aux missions du Canada. Sa mauvaise santé y mit obstacle, et le jeune prêtre fut chargé pendant dix ans de l'instruction des *nouvelles catholiques*. Dans l'exercice de cette fonction, il acquit l'expérience qui lui dicta son admirable *Traité de l'Éducation des filles*. Le *Traité du ministère des Pasteurs,* qui parut à cette époque, attira sur Fénelon l'attention du roi qui lui confia une mission en Poitou, et, peu après, le nomma précepteur du duc de Bourgogne, en 1689. Il s'adonna tout entier à cette œuvre difficile : en peu d'années, il transforma le naturel indomptable du jeune prince, et dès lors s'établit entre le maître et son auguste élève, une de ces affections qu'aucun orage ne peut ébranler.

Appelé au siège de Cambrai en 1694, Fénelon eut bientôt à supporter la plus grande des épreuves dont fut abreuvée sa vie, sa discussion avec Bossuet au sujet du Quiétisme. Plus grand encore dans le malheur et la disgrâce qu'il ne l'avait été dans la faveur, Fénelon donna l'exemple d'une admirable soumission aux décisions de l'Église, et publia lui-même, dans la chaire de sa cathédrale, la sentence de Rome qui condamnait son ouvrage, les *Maximes des Saints.*

La mort prématurée de son royal élève porta le dernier coup au saint archevêque et brisa toutes ses espérances, comme celles de la France entière; en l'apprenant, il s'écria : « *Plus rien ne m'attache à la terre, tous mes liens sont rompus.* » Il mourut en effet trois mois après.

Les principaux ouvrages de Fénelon sont : le *Traité de l'Éducation des filles,* les *Dialogues des Morts,* des *Fables,* les *Aventures de Télémaque,* ouvrage destiné à instruire le duc de Bourgogne sous des noms supposés, le *Traité de l'Existence de Dieu,* l'*Examen de la conscience d'un roi,* plus de cinq cents *Lettres spirituelles,* trois cents *Lettres diverses,* etc.

Le *Cygne de Cambrai,* ce mot caractérise Fénelon et indique le contraste entre lui et l'*Aigle de Meaux.* C'est par le cœur surtout que diffèrent les deux rivaux. La sensibilité de Bossuet disparaît dans sa grandeur; l'amour est l'âme de Fénelon, le foyer de son génie. Ce mot de la reine Marie Leczinska dépeint l'éloquence des deux grands orateurs : « *M. de Bossuet prouve la religion, M. de Fénelon la fait aimer.* »

MASSILLON, 1663-1742

Jean-Baptiste Massillon, qui succéda à Bourdaloue dans la chaire de Versailles, était né à Hyères, le 24 juin 1663. Dans son enfance, un de ses plaisirs favoris était de ranger autour de lui ses petits compagnons, et de leur répéter les sermons qu'il avait entendus, animant son débit des grâces naturelles de ses gestes et de sa voix.

Entré de bonne heure dans la congrégation de l'Oratoire, Massillon répondit à ce qu'avaient fait espérer ses premières années. Sa réputation s'étendit au loin, et le jeune religieux, craignant les pièges tendus à son humilité, alla s'ensevelir au monastère de Sept-Fons. La volonté de ses supérieurs l'en retira pour l'employer au ministère de la parole. Massillon fut nommé prédicateur de la cour pour l'Avent de 1699; le sermon qu'il y prononça le jour de la Toussaint est resté un des chefs-d'œuvre de l'éloquence moderne. C'est après cette station que Louis XIV dit à l'orateur, en présence des courtisans : « *Mon père, j'ai entendu plusieurs grands prédicateurs dans ma chapelle, j'en ai été fort content; pour vous, toutes les fois que je vous ai entendu, j'ai été très mécontent de moi-même.* » Les succès de Massillon lui suscitèrent des envieux, et le roi, qui jusque-là avait écouté avec plaisir ce *doux Massillon que le ciel lui avait réservé dans ses revers*, l'exila de la cour; il n'y reparut qu'en 1715, pour payer à la mémoire de Louis XIV, les derniers tributs de la France. C'est là que, promenant les yeux sur l'assemblée en deuil, puis les ramenant sur le mausolée élevé au milieu du temple, après quelques moments de silence, l'orateur s'écria : « *Dieu seul est grand, mes frères!* » C'était une belle parole devant le cercueil de Louis le Grand.

En 1717, le Régent, qui admirait le talent de Massillon, le nomma à l'évêché de Clermont; mais avant le départ du nouveau prélat, il voulut que la cour l'entendît encore, et le chargea, pour l'année suivante, de prêcher le Carême devant le roi Louis XV, âgé de neuf ans. Pour ne pas fatiguer son jeune auditeur, Massillon se borna à un sermon par semaine, ce qui a fait donner à cette station le nom de *Petit Carême;* elle ouvrit à l'orateur, les portes de l'Académie.

Outre l'*Avent*, le *Grand* et le *Petit Carême*, on distingue encore parmi les ouvrages de Massillon, plusieurs *Oraisons funèbres* et *Panégyriques*, des *Conférences* et plus de cent *Sermons*. C'est à Saint-Eustache qu'il prêcha le sermon sur le *petit nombre des élus*, dont la péroraison produisit un tel effet que tout l'auditoire se leva dans un commun saisissement.

Massillon est élégant, harmonieux : La Harpe l'a surnommé le *Racine de la chaire* et le *Cicéron de la France*.

§ 2e. — PHILOSOPHIE

DESCARTES, 1596-1650

Descartes était originaire de Touraine et d'une famille noble et ancienne. A l'âge de seize ans, il avait terminé ses études au collège des Jésuites de La Flèche, et épuisé toute la science de son temps. Jusque-là, on n'avait enseigné dans toutes les écoles que la doctrine d'Aristote; Descartes est le premier qui ait eu un système à lui, et il le fonde sur la raison. Il rejette provisoirement de son esprit toutes les croyances admises sur la foi d'autrui; il les juge avec sa propre raison. Après avoir tout mis en doute, il arrive à une vérité irrécusable : « *Je pense, donc j'existe.* » De là, Descartes s'élève à l'idée de Dieu, à celle du monde extérieur, et reconquiert ainsi peu à peu toutes ses croyances.

Descartes était religieux : chrétien sincère, il croyait aux dogmes révélés de Dieu, les recevait avec respect et ne les jugeait pas. Il se fit de nombreux disciples qu'on appela *Car-*

tésiens; les plus grands génies du XVIIe siècle, Bossuet, Fénelon, adoptèrent son système de philosophie.

Mais si Descartes était croyant, on pouvait cependant tirer de son système des conséquences dangereuses, car il ouvrait la porte au rationalisme qui règne de nos jours. Après être resté quelque temps en Hollande, il passa les dernières années de sa vie en Suède, où l'avait appelé la reine Christine, et y mourut en 1650. Toujours fidèle à ses devoirs religieux, il avait pratiqué toutes les vertus d'un sage, ennoblies et perfectionnées par le christianisme. « *Quand on me fait une offense,* disait-il, *je tâche d'élever mon âme si haut que l'offense ne parvienne pas jusqu'à elle.* »

Malebranche, disciple de Descartes, se passionna pour la doctrine de son maître: même il tomba dans quelques excès. Toutefois, si son esprit se trompe, il conserve un cœur tout chrétien, avec une imagination et un style qui lui ont valu l'honneur d'être comparé à Platon.

LA ROCHEFOUCAULD, 1613-1680

La Rochefoucauld, prince de Marsillac, naquit en 1613. Sa valeur et son esprit le mirent au premier rang des seigneurs de la cour qui mêlaient aux lauriers de Mars ceux d'Apollon. Sa maison était le rendez-vous de tout ce que Paris et Versailles avaient de savants. On a de cet auteur, les *Mémoires de la régence d'Anne d'Autriche* et les *Maximes;* ce dernier ouvrage est son plus beau titre de gloire. Toutefois, son point de vue est étroit et faux; il ne reconnaît que l'amour-propre comme mobile des actions humaines, et réduit en dernière analyse toutes les vertus à l'égoïsme.

PASCAL, 1623-1662

Pascal, fils d'un magistrat de Clermont-Ferrand, est l'un des génies les plus étonnants de son siècle. Il fut l'ami des savants de Port-Royal, et fit cause commune avec eux; la première de ses *Lettres provinciales* fut écrite pour défendre Arnauld dont la doctrine était combattue par la Sorbonne. Ces lettres se nomment *Provinciales,* parce que, sous le pseudonyme de Louis de Montalte, Pascal les adresse à un de ses amis de province. *Ces immortelles menteuses,* comme les appelle Chateaubriand, sont un chef-d'œuvre au point de vue littéraire, mais sous le rapport de la doctrine, elles renferment une foule d'erreurs : Pascal y attaque les Jésuites avec l'arme de l'ironie, il rend l'ordre entier responsable des fautes de quelques particuliers; il y traite avec une déplorable légèreté les questions les plus épineuses. Les *Provinciales* ont été condamnées par l'Église; elles cachent et favorisent le jansénisme.

Dans les *Provinciales,* Pascal ne tenait la plume que pour un parti. Il méditait un plus grand ouvrage où il devait rassembler toutes les preuves de la religion, mais il ne put l'achever; on n'a que des fragments détachés qu'on a réunis sous le nom de *Pensées.*

Disciple de saint François de Sales, de Bossuet ou de Fénelon, Pascal aurait pu être un docteur ou un saint dans l'Église; janséniste, il s'est consumé en des luttes stériles, et a contribué à la propagation de funestes erreurs. Génie presque universel, Pascal étudiait seul à douze ans la géométrie, et créait les mathématiques. Chacun de ses pas était marqué par une découverte : à vingt-trois ans, d'après des expériences faites sur le Puy de Dôme, il démontra les phénomènes de la pesanteur de l'air. Pascal mourut en 1662, âgé de trente-neuf ans.

LA BRUYÈRE, 1645-1696

Jean de La Bruyère naquit près de Dourdan (Seine-et-Oise), vers 1645. On sait peu de chose sur sa vie laborieuse, mais obscure. Après avoir occupé à Caen une charge de conseiller du roi, il fut placé près du petit-fils du grand Condé, Louis de Bourbon, pour lui enseigner l'histoire. La Bruyère, en vrai philosophe chrétien, ne songeait qu'à vivre caché, au milieu de ses livres et de quelques amis. Il mourut membre de l'Académie française, en 1696.

La Bruyère traduisit du grec les *Caractères de Théophraste;* moraliste et observateur, il créa bientôt lui-même les *Caractères* ou *Mœurs de ce siècle.* C'est un ouvrage charmant qu'on ne se lasse pas de relire, et qui eut parmi les contemporains un prodigieux succès, à cause des allusions malignes qu'on crut y trouver.

§ 3e. — HISTOIRE

MÉZERAI, 1610-1683

François Eudes naquit en 1610, près d'Argentan, au hameau de Mézerai dont il prit le nom. Il était frère du P. Eudes, prêtre de l'Oratoire, qui fonda à Caen, en 1643, la congrégation des Eudistes. Sous le ministère de Richelieu, Mézerai se fit connaître par quelques écrits satiriques sur les affaires du temps. Peu à peu il prit goût aux études sérieuses, et publia en 1643 son premier volume d'*Histoire de France* qui commença sa réputation et lui valut d'être nommé historiographe du roi et membre de l'Académie française.

Son histoire est écrite à un point de vue hostile aux principes monarchiques. « *Il se pique*, dit Augustin Thierry, *d'aimer les vérités qui déplaisent aux grands et d'avoir la force de les dire. Il ne visa point à la profondeur, ni même à l'exactitude historique... le goût du public fut sa seule règle.* » Mézerai mourut en 1683, regrettant le scepticisme dont il avait fait parade.

PÉRÉFIXE, publia vers le même temps, la *Vie de Henri IV*, pour Louis XIV dont il était le précepteur. Cet ouvrage a eu un grand succès.

Le P. DANIEL, 1649-1728

Le P. Gabriel Daniel, jésuite, né à Rouen, et mort à Paris, historiographe de France, consacra sa laborieuse vie à la composition d'ouvrages utiles. Le plus important est sa grande *Histoire de France*, si injustement décriée par Voltaire et son époque. Dans notre siècle, elle a été plus impartialement appréciée par Augustin Thierry, qui reconnaît son mérite comme exactitude historique et comme méthode.

Le P. D'ORLÉANS, 1644-1698

Le P. d'Orléans, jésuite, natif de Bourges, se livra à l'étude de l'histoire. Ses principaux ouvages sont : l'*Histoire des révolutions d'Angleterre et d'Espagne;* une histoire curieuse de deux conquérants tartares *Kunchi* et *Kanchi* qui ont subjugué la Chine; un excellent petit traité de controverse intitulé : *Méthode courte et facile pour distinguer la véritable religion chrétienne d'avec les fausses.* Nous n'avons peut-être rien de mieux en ce genre, à considérer la brièveté et le laconisme de l'ouvrage. Le P. d'Orléans a une imagination vive, noble, élevée; son style est clair, abondant, et il saisit avec art ce qu'il y a de plus intéressant dans chaque sujet.

FLEURY, 1640-1723

Claude Fleury fut sous-précepteur des fils du grand Dauphin, et, plus tard, prieur d'Argenteuil. Malgré ses diverses fonctions, il sut se ménager le temps de composer de nombreux et remarquables ouvrages. Les plus connus sont : le *Catéchisme historique* et l'*Histoire ecclésiastique*. On regrette de trouver dans cet auteur, d'ailleurs judicieux, tant de préventions et d'attaques contre les papes, et de voir qu'il ait méconnu les services qu'ils ont rendus à la société pendant la durée du moyen âge.

VERTOT, 1655-1735

Vertot, né en 1655, en Normandie, chercha, dans les annales anciennes et modernes, des sujets dramatiques qui eussent avec la grandeur de l'histoire, l'intérêt du roman. Les *Révolutions romaines* sont justement estimées : les *Révolutions du Portugal et de la Suède* sont encore lues avec intérêt : l'*Histoire de Malte* a été mise à l'Index. Vertot est un narrateur élégant et habile; mais on désirerait trouver en ses ouvrages plus d'exactitude et une connaissance plus profonde des mœurs et des institutions.

§ 4e. — MÉMOIRES

LE CARDINAL DE RETZ, 1614-1679

Paul de Gondi, cardinal de Retz, fut destiné dès son enfance à la carrière ecclésiastique, et devint, en 1643, coadjuteur de l'archevêque de Paris, son oncle. On sait qu'il se mêla à toutes les agitations qui troublèrent la régence d'Anne d'Autriche, et qu'il fut un ardent promoteur de la Fronde. L'adversité lui profita; sa vieillesse calme et digne se passa dans la retraite, où il s'occupa à écrire ses *Mémoires* qui ne se publièrent qu'après sa mort.

Malgré les reproches que mérite le fond de cet ouvrage, « on ne peut s'empêcher d'y admirer des traits d'une haute éloquence, des considérations profondes, des récits singulièrement animés, des réflexions rapides où la concision de Tacite se joint à la pénétration de Machiavel; enfin toute une galerie de tableaux et de portraits historiques peints avec une vigueur et un coloris merveilleux. (Valéry Radot). »

Madame de MOTTEVILLE, honorée de la confiance d'Anne d'Autriche et de la reine d'Angleterre, Henriette de France, a laissé des *Mémoires* qui offrent l'histoire la plus détaillée, la plus complète, la plus impartiale des premières années du règne de Louis XIV.

SAINT-SIMON, 1675-1755

Louis de Rouvray, duc de Saint-Simon, né en 1675, était fils d'un favori de Louis XIII; il devint lui-même favori du duc d'Orléans et prit une part active aux débuts de la Régence. Il est connu par ses *Mémoires* sur les règnes de Louis XIV et de Louis XV. Cet ouvrage est un chef-d'œuvre au point de vue littéraire. Saint-Simon excelle dans les portraits; mais il faut bien se garder de croire aveuglément tous ses récits, dont quelques-uns se ressentent des passions et des haines de l'auteur.

§ 5e. — ART ÉPISTOLAIRE

VOITURE, 1598-1648

Voiture naquit à Amiens. Lancé de bonne heure dans le monde et à la cour, il s'y fit une grande réputation d'esprit et acquit de puissants protecteurs.

Voiture devint membre de l'Académie française dès sa création, et fut le coryphée de l'hôtel de Rambouillet. Peu d'auteurs ont été plus encensés que Voiture de leur vivant; cependant la postérité l'a oublié. On ne peut nier pourtant qu'il n'eût de l'esprit; mais il a plus de prétention encore. Voiture a laissé deux volumes de *Lettres*, écrites avec assez d'élégance et de pureté. Il se plaisait à rimer des rondeaux et des ballades, et il a presque toujours réussi dans les poésies légères.

BALZAC est aussi un des auteurs qui ont le plus contribué à former la langue française; il visait trop au sublime, ce qui le rend parfois boursouflé.

MADAME DE SÉVIGNÉ, 1626-1696

Marie de Rabutin-Chantal naquit au château de Bourbilly, près de Semur, en Bourgogne; elle eut pour aïeule, sainte Chantal, fondatrice de la Visitation. Orpheline dès l'enfance, elle fut élevée par M. l'abbé de Coulanges, son oncle, dont elle parle dans ses lettres sous le nom de *Bien Bon*. Mariée très jeune au marquis de Sévigné et veuve à vingt-quatre ans, elle se livra tout entière à l'éducation de ses deux enfants. Sa fille, ayant épousé M. de Grignan, gouverneur de la Provence, fut souvent obligée de vivre éloignée d'elle; alors, pour tromper sa douleur, elle lui écrivit ces *Lettres* que la postérité admire.

Si le plus grand éloge d'un livre est d'être beaucoup lu, qui a été plus loué que les *Lettres* de cette femme immortelle? Elles sont de toutes les heures : à la ville, à la campagne, en voyage, on lit madame de Sévigné. C'est un livre précieux qui amuse, intéresse, instruit presque sans demander l'attention. C'est l'entretien d'une femme très aimable; c'est le mélange heureux du naturel, de la sensibilité et du goût; c'est une manière de narrer qui lui est propre. « *Rien*, dit La Harpe, *n'est égal à la vivacité de ses tournures et au bonheur de ses expressions. Elle est toujours affectée de ce qu'elle dit et de ce qu'elle raconte; elle peint comme si elle voyait, et on croit voir ce qu'elle peint.* »

Elle nous fait pleurer Turenne dans le récit de sa mort; elle nous fait rire et nous intéresse à la fois, quand elle nous raconte la fin de Vatel, qui *se tue à force d'avoir de l'honneur à sa manière;* elle nous offre un tableau vrai de la cour de Louis XIV. Une foule de particularités et d'anecdotes, de riens si l'on veut, mais de riens charmants, nous mettent au fait des mœurs de cette cour renommée, de son étiquette et du ton qui régnait alors.

On a dit que madame de Sévigné soignait ses lettres, et qu'en écrivant elle songeait, sinon à la postérité, du moins au monde d'alors dont elle recherchait le suffrage. Elle écrit d'ordinaire au courant de la plume et le plus de choses qu'elle peut; quand l'heure presse, à peine si elle relit : « *En vérité*, dit-elle, *il faut laisser aller un peu les plumes comme elles veulent; la mienne a toujours la bride sur le cou.* »

Les lettres de madame de Grignan, en réponse à celles de sa mère, sont presque toutes perdues. Nous n'avons que celles qu'on a insérées parmi celles de madame de Sévigné. Elle n'a ni le même abandon, ni la même grâce. Son style est noble, précis et spirituel; mais sa composition a en général quelque chose de trop réfléchi, de trop érudit.

Madame de Simiane, fille de madame de Grignan, a un peu de la facilité et de l'abandon de sa grand'mère.

MADAME DE MAINTENON, 1635-1719

Françoise d'Aubigné, marquise de Maintenon, née à Niort d'une famille calviniste, éprouva dans sa longue existence toutes les vicissitudes de la fortune; mais dans les diverses situations où elle se trouva, elle fit preuve d'un caractère supérieur aux événements, et elle demeura constamment fidèle à la religion catholique qu'elle avait de bonne heure embrassée (1). Veuve à vingt-cinq ans, du poète Scarron, elle sollicita longtemps de Louis XIV une modeste pension dont son mari avait joui. Informé enfin de son mérite et de ses vertus, le roi, non seulement accéda à sa demande, mais encore il l'admit à la cour, lui donna la place de dame d'atours de la Dauphine, et pensa bientôt à l'élever plus haut. La reine Marie-Thérèse venait de mourir, 1683; le roi résolut de l'épouser, et le mariage fut béni secrètement par l'archevêque de Paris, en 1685. Madame de Maintenon regarda sa faveur comme un fardeau que la bienfaisance seule pouvait rendre léger; jamais elle n'oublia ni ses amis, ni les pauvres. A sa sollicitation, Louis XIV fonda en 1686, à Saint-Cyr, une maison religieuse pour élever et instruire gratuitement trois cents jeunes filles nobles. Madame de Maintenon donna à cet établissement toute sa fortune, et bientôt l'éducation de Saint-Cyr devint, sous ses yeux, un modèle de l'éducation publique. A la mort du roi, elle s'y retira entièrement, et, jusqu'à l'âge de quatre-vingt-deux ans, elle y donna l'exemple de toutes les vertus, instruisant les novices et partageant avec les maîtresses, les travaux de l'enseignement.

« La fondatrice de Saint-Cyr est une des gloires de la France et de son sexe : sans l'ascendant qu'elle exerça sur Racine, nous n'aurions jamais eu ni *Esther*, ni *Athalie;* elle partage avec madame de Sévigné le privilège d'être comptée parmi nos meilleurs écrivains. On lit dans le *Mémorial de Sainte-Hélène* que Napoléon préférait les lettres de madame de Maintenon à celles de madame de Sévigné, « *parce qu'elles disent plus de choses.* » Madame de Maintenon dit en effet *plus de choses*; mais elle n'a pas le charme incomparable de madame de Sévigné : ce n'est point cette imagination mobile et brillante, cet esprit, ce cœur qui débordent. Dans madame de Maintenon, c'est le jugement qui domine; l'imagination paraît peu; son cœur ne se répand jamais; son esprit se contient : il est au fond plutôt qu'à la surface de son style (2).

Les *Lettres sur l'éducation des filles*, les *Entretiens sur l'éducation* et les *Conseils aux jeunes filles* sont des ouvrages dont la lecture doit être recommandée aux jeunes personnes.

(1) Elle fit son abjuration aux Ursulines de Niort, et acheva son éducation au grand couvent des Ursulines de Paris.

(2) *Notice sur Madame de Maintenon*, par M. Valéry Radot.

CHAPITRE VI

§ 1er. — ARTS. — ARCHITECTURE

FRANÇOIS MANSARD, 1598-1666

François Mansard, né à Paris, en 1598, d'une famille originaire d'Italie, fut élève de son oncle Germain Gautier, architecte du roi, et fit des progrès rapides dans son art. Ses premières œuvres furent le château de Berny et le château de Blois. La reine Anne d'Autriche lui confia l'érection du Val-de-Grâce que d'autres artistes achevèrent. Il bâtit ensuite l'église de Sainte-Marie de Chaillot. On lui doit l'invention de cette sorte de couverture brisée, appelé de son nom *mansarde*. Son architecture est trop massive.

JULES MANSARD, 1645-1708

Jules Hardouin, dit Mansard, neveu du précédent, premier architecte et surintendant des bâtiments du roi, était né à Paris, en 1645. Placé sous la direction de son oncle, il sut profiter des leçons de cet habile maître, et voulut porter son nom pour lui témoigner sa reconnaissance. Ayant eu le bonheur de plaire à Louis XIV par ses talents et son esprit, Mansard fut chargé des travaux d'architecture les plus importants : il éleva les châteaux de *Marly* et du *Grand-Trianon*, la maison de *Saint-Cyr*, traça la place *Vendôme*, celle des *Victoires*, et mit le sceau à sa réputation par la construction du château de *Versailles* et du *dôme des Invalides*. Jules Mansard mourut à Marly, en 1708, comblé des faveurs royales.

PERRAULT naquit à Paris en 1613. Il construisit la belle *Façade du Louvre*, l'*Arc de Triomphe* et l'*Observatoire*. Perrault mourut en 1688.

RIQUET, 1604-1680

Riquet vit le jour à Béziers; il conçut et exécuta presque en entier le canal du Midi pour la communication de la Méditerranée et de l'Océan. Cet immense travail, commencé en 1666, terminé en 1681, fut exécuté aux frais de Riquet qui mourut six mois avant l'achèvement. Ses deux fils, Mathias et Paul, continuèrent son œuvre, qui coûta trente-quatre millions.

LE NOTRE, 1613-1700

Le Nôtre est surtout célèbre comme dessinateur de jardins. Louis XIV, qui sut l'apprécier, lui confia le soin de distribuer et d'orner plusieurs jardins royaux : ceux de *Versailles,* des *Tuileries,* de *Saint-Cloud,* de *Meudon,* de *Fontainebleau,* etc. On peut le regarder comme le véritable créateur de son art. Le roi lui ayant accordé, en 1675, des lettres de noblesse, voulut lui donner des armes; mais Le Nôtre répondit qu'il avait les siennes, c'étaient trois limaçons couronnés d'une pomme de chou. « *Sire,* ajouta-t-il, *pourrais-je oublier ma bêche? Combien doit-elle m'être cher! N'est-ce pas à elle que je dois les bontés dont Votre Majesté m'honore?* »

PUGET, 1622-1694

Puget, né à Marseille, en 1622, débuta comme peintre à Toulon, à Aix et à Marseille; bientôt il quitta la peinture pour la sculpture et l'architecture, exécuta la porte et le balcon de l'Hôtel-de-Ville de Toulon, et se fixa à Gênes qu'il enrichit de superbes ouvrages. A la sollicitation de Colbert, Pierre Puget revint en France et fut nommé directeur de la décoration des vaisseaux de Toulon. On cite parmi ses chefs-d'œuvre : un *saint Sébastien*, un *saint Philippe de Néri* que l'on voit à Gênes, le *groupe de Milon* au Louvre, les *bas-reliefs de l'Assomption* et de la *peste de Milan.*

Son fils, François Puget, fut architecte et bon peintre de portraits.

GIRARDON, 1628-1715

Girardon naquit à Troyes en Champagne, en 1628. Les plus célèbres de ses ouvrages sont : le magnifique *mausolée du cardinal de Richelieu,* dans l'église de la Sorbonne, la *statue équestre de Louis XIV* où le héros et le cheval sont d'un seul jet; c'est son chef-d'œuvre. Cette statue ornait la place Vendôme, elle fut détruite pendant la Révolution.

§ 2e. — PEINTURE

POUSSIN, 1594-1665

Nicolas Poussin vint au monde aux Andelys, en 1594. Dans sa jeunesse, il fit le voyage de Rome, où, grâce à des études sérieuses, à la pratique constante de l'art, à la vue des grands modèles, il mûrit son talent et le porta à la perfection. Louis XIII l'attira en France, et lui assigna une pension avec le titre de *Peintre du roi,* et lui confia la décoration des maisons royales. Ces privilèges excitèrent la jalousie, et Poussin, las des intrigues de ses envieux, partit de nouveau pour Rome. Louis XIV ne lui en conserva pas moins ses honoraires.

Le talent de Poussin grandit encore pendant cette dernière période de sa vie. Ses chefs-d'œuvre sont : le *Déluge,* le *Triomphe de Flore*, les *Sacrements* en sept tableaux. Poussin mourut en 1665.

LE LORRAIN, 1600-1682

Claude Gelée, dit le Lorrain, né en 1600, au diocèse de Toul, est regardé comme le premier paysagiste de l'Europe. Aucun peintre n'a mis plus de fraîcheur dans ses teintes, et n'a exprimé avec plus de vérité les différentes heures du jour.

A son retour d'Italie, où Claude Gelée était allé se former, il embellit de ses ouvrages l'église des Carmélites de Nancy ; mais les merveilles de Rome l'attiraient de nouveau, il y passa le reste de sa vie. Les principales œuvres de Claude Lorrain sont : le *Sacre de David,* le *Débarquement de Cléopâtre,* la *Fête villageoise,* la *Vue d'un port de mer au soleil couchant.* Le Lorrain était un habile graveur.

LESUEUR, 1617-1655

Eustache Lesueur naquit à Paris, en 1617, et fut de bonne heure remarqué par N. Poussin. Il est le premier peintre de l'*École française* sous Louis XIV; pourtant il ne chercha pas à s'introduire à la cour et ne peignit que pour les particuliers ou les couvents.

Lesueur est surnommé le *Raphaël français.* Ses meilleures œuvres sont : la *Vie de saint Bruno,* en 22 tableaux; *saint Paul guérissant les malades devant Néron; saint Paul prêchant à Éphèse, le Martyre de saint Laurent, etc.*

LEBRUN, 1619-1690

Charles Lebrun, né à Paris, en 1619, eut pour maitre N. Poussin et fut un des fondateurs de l'Académie de peinture. Fouquet lui confia les décors de son château de Vaux; il devint l'arbitre du goût en France. A la mort de son protecteur Colbert, Louvois lui préféra Mignard; cette disgrâce abrégea sa vie. Les principales toiles de Lebrun sont : le *Christ aux Anges, la Madeleine,* la *Vierge apprêtant le repas de l'enfant Jésus.* Il est aussi l'auteur des peintures de la galerie de Versailles. Lebrun mourut en 1690.

LES FRÈRES MIGNARD

Le nom de Mignard est celui de deux frères célèbres comme peintres. L'aîné, Nicolas Mignard, naquit en 1608, à Troyes en Champagne. Après avoir visité l'Italie, il s'établit à Avignon, ce qui le fait surnommer Mignard d'Avignon. Il fut appelé à Paris par Mazarin, et chargé par Louis XIV de décorer plusieurs appartements des Tuileries.

Pierre Mignard, le plus célèbre, né en 1610, est nommé le *Romain* parce qu'il séjourna fort longtemps à Rome. Rappelé d'Italie en France par Louis XIV, il peignit à fresque la coupole du Val-de-Grâce, ainsi qu'une des galeries de Versailles. Pierre Mignard excellait dans le portrait, il était le meilleur coloriste de son temps. Parmi ses nombreux ouvrages, on admire surtout : la *Vierge présentant une grappe de raisins à l'enfant Jésus,* et une *sainte Cécile.* Ses tableaux étaient si soignés qu'on a depuis, dit-on, nommé *mignardise* le défaut des ouvrages qui pèchent par excès de soin.

CHAPITRE VII

§ 1er. — ÉCRIVAINS ÉTRANGERS

ANGLAIS

Deux grands écrivains d'un génie bien différent sont la gloire de l'Angleterre à cette époque.

SHAKSPEARE (1564) éleva le théâtre anglais à la plus grande hauteur, en créant cette langue originale et harmonieuse qui le fit surnommer, par ses contemporains, le poète à *la langue de miel.* Les principales tragédies de Shakspeare sont : *Henri VII, Henri VIII, Roméo et Juliette, Macbeth, le roi Lear, Othello, Hamlet,* etc. Dans toutes ces pièces, Shakspeare se fait remarquer par une incroyable vigueur de pinceau. Il est le plus amèrement tragique de tous les poètes anciens et modernes.

MILTON, né à Londres, en 1608, est l'auteur du *Paradis perdu,* la grande épopée de l'Angleterre. Secrétaire de

Cromwell, il fut disgracié sous Charles II, et, devenu aveugle, il composa son poème, dont le sujet est la chute du premier homme. Cette épopée renferme des pensées sublimes, de magnifiques descriptions. Malgré des bizarreries choquantes, des fautes grossières, les beautés admirables de Milton ont fait dire à Dryden que la nature avait formé ce poète de l'âme d'Homère et de celle de Virgile. *Le paradis perdu*, à cause de ses erreurs de doctrine, a été mis à l'Index.

PORTUGAIS

LUIS DE CAMOENS est né à Lisbonne, en 1524; son poème des *Lusiades* (Lusitanie) est tout national : il y chante la gloire des Portugais et la découverte des Indes par Vasco de Gama. On dit que, pendant une tempête, Camoëns se sauva en nageant d'une main et tenant de l'autre, hors de l'eau, son précieux manuscrit. Le plus beau passage des *Lusiades* est celui où le poète représente le colossal génie Adamastor, gardien du cap des Tempêtes, s'opposant à l'héroïque entreprise de Vasco de Gama, et prédisant au grand navigateur les malheurs les plus terribles. Le poème se compose de dix chants. On y blâme un mélange déplacé des divinités du paganisme avec la Vierge Marie et les saints de l'Eglise catholique.

ESPAGNOLS

Le commencement du XVIIe siècle est l'âge d'or de la littérature espagnole; les grands écrivains qui paraissent alors ont une réputation européenne.

MIGUEL CERVANTES, 1547, cultiva de bonne heure la poésie, et, malgré les difficultés qu'on lui suscita, il conserva toujours un amour de prédilection pour les Muses. Son ouvrage le plus important est le roman de *Don Quichotte*, traduit dans toutes les langues et admiré de toutes les nations. Cervantes a trouvé moyen de décrire, dans son *Chevalier de la Manche*, l'Espagne entière avec ses mœurs et ses coutumes; il y fait ingénieusement la satire de tous les vices et de tous les travers de la société.

FÉLIX LOPE DE VÉGA, 1562, reçut de son vivant une gloire immense : lorsqu'il se montrait dans les rues, le peuple l'entourait et le saluait du nom de *prodige de la nature*; on l'appelait le *phénix de l'Espagne*; on venait des provinces les plus éloignées pour le voir. Lope de Véga eut une fécondité étonnante; il a laissé en tout deux mille deux cents pièces, parmi lesquelles on distingue : les *Comédies spirituelles*, les *Comédies profanes*, des *Satires*, des *Épîtres*, des *Églogues*, etc. Aux yeux de la postérité, le principal mérite de Lope, c'est d'avoir peint le monde au milieu duquel il a vécu ; il a su le reproduire avec ses sentiments, ses idées et son langage.

GUILHEM DE CASTRO, 1569, est un des meilleurs auteurs dramatiques de cette époque. La plus célèbre de ses pièces est la *Jeunesse du Cid*, qui a fourni à Corneille le sujet de son chef-d'œuvre.

DON PEDRO CALDÉRON, 1600, fut protégé par Philippe IV, ami des lettres, qui l'attacha à sa personne ; il avait presque la fécondité de Lope : on ne compte pas moins de quinze cents ouvrages. Ses tragédies : *Ferdinand de Portugal, l'Exaltation de la Croix*, etc., méritent d'être placées à côté de *Polyeucte* et d'*Athalie*.

§ 2e. — ARTS

Le XVIIe siècle vit briller en Flandre le grand peintre Rubens. Après avoir étudié en Italie, il fut appelé à Paris, par Marie de Médicis, pour décorer le palais du Luxembourg. On admire chez Rubens la magie des couleurs ; mais on lui reproche le mélange du sacré et du profane. Ses principales toiles représentent des scènes historiques ou des sujets religieux ; il tient le premier rang dans l'*École flamande*.

Le XVIIe siècle donna Murillo à l'Espagne. Murillo s'inspira des modèles du Titien et de Rubens. Le chef-d'œuvre de ce grand peintre est un tableau de l'*Assomption*.

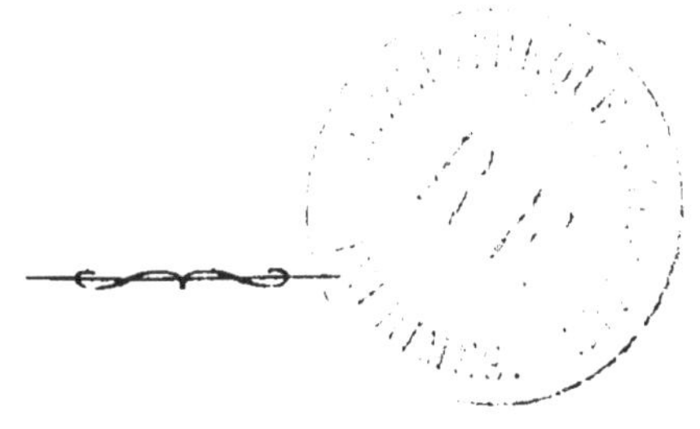

Evreux. — Imp. de l'Eure, L. Odieuvre, 4 bis, rue du Meillet.

www.ingramcontent.com/pod-product-compliance
Ingram Content Group UK Ltd.
Pitfield, Milton Keynes, MK11 3LW, UK
UKHW021130230726
13926UKWH00002B/706